U0096532

能不能
帶我去一個
沒有黑夜的地方

ROCK 著

作者序

　　雖然平時我很喜歡閱讀如三毛、陳雪與邱妙津那樣具有高度生命力的文字，但我寫不出來。如果小說是一個人一輩子的縮影，詩是一段被剪接的意識，那麼散文就是意識被投射到日常生活中的樣子。我不願承擔另一個人的一生，那樣太累了。我也一直深信著文以載道的道理，希望能把信念透過文字，直達讀者的內心，以引起共鳴。但其實文字很難拿捏，就像一只玻璃杯。放入太多情感，一個不小心就會溢出來，呈現到讀者眼前的內容就會大打折扣。而有時洋洋灑灑寫了一大堆文字，回頭來看只是一只空的玻璃杯，裡面什麼內容都沒有。在這樣的處境之下，我決定試著把文字用一種**介於詩與散文的方式呈現**。讓每顆文字都乘載著一點意義，卻又不像完整的詩那樣，乘載過多情感而令人難以理解。

　　我想，以這本書的質與量，它不可能，也不應該成為一部好的作品。但卻會是一個年輕人，在生命某個角落中，高密度的自我挖掘，臻於純粹的作品*。他不為了任何人而書寫，包括自己在內。文字和動物，是他唯二得以真實面對這個世界的窗口。在這本書中，他走過黑夜的盡頭，也見過永恆的星光；經歷過最空洞的絕望，也體會到愛的多元面貌。

*靈感取材自邱妙津《蒙馬特遺書》。

願在閱讀這篇文字的你正被愛著，也擁有愛人的能力。
〔於高雄西子灣捷運站出口〕

Contents

Contents

「你在這裡幹嘛？」

「……我在找東西。」

「在找什麼？」

「我也不知道自己到底在找什麼……總覺得……是非常，
非常重要的東西，沒有它我活不下去的。」

寶劍二（2 of swords）

〔什麼是真實？什麼是虛偽？雖然我是瞎的，
但卻能看的比所有人清楚〕

曾經有人問我，為什麼想學寵物溝通？

除了很喜歡動物，很想知道他們在想什麼之外。我一直以來對於外界情感波動的敏銳，造成了自己不小的困擾。有時候不經意感覺到對方的情緒，卻又幫不上忙怎麼辦？只好切割情感。於是切著切著，什麼情感都沒留下，就變憂鬱症了。雖然講起來輕描淡寫，但是過程都是非常痛苦的。如果能選的話，我寧願不要這種敏感體質。所以想試著用一種正規的方式，讓情緒感官得以自由奔馳不再壓抑。另外也想多認識類似的朋友，於是就去報名了。

寵物溝通是如何進行的呢？

不同派系的寵物溝通師會使用的方式都不一樣。分為直接和間接溝通模式兩種：

間接溝通是透過呼請外界靈體以協助人類和動物溝通，例如呼請路邊的靈體（認真）、媽祖、佛祖、動物靈、高等智慧（如賽斯）和自己的守護靈等。這樣的方式雖容易上手但仰賴天生體質，也有可能不小心觸犯禁忌。說實在的，禁忌造成什麼可怕後果我是不信啦，但比較麻煩的是自己的潛意識，如果在這個社會習俗框架之下，讓潛意識對於懲罰感到恐懼，那麼懲罰就達到效果了其實。

直接溝通大多是心理派系，圍繞在強化本身就對情感敏銳的人的知覺。這個派系強調人人都可以學會動物溝通，那是人類本來就會，但是被社會化壓抑的技能。大多是教如何靜心除去自我，去感受動物們所給予的訊息。聽說是自我催眠的延伸，和佛教的冥想是相同類型但不同方向的技能。因

為靜心的步驟最重要，而跟動物（含其它人類）相處時，很容易注意他們而分神，所以雖然說是直接溝通，大多的寵物溝通師仍是以遠端看照片的方式進行，再跟飼主核對資訊的精確度。

寵物溝通是真的還假的？

統整了一下各界資訊，想試圖了解寵物溝通的理論背景，但仍有很多科學無法解釋的模糊地帶。簡單來說，在背後操縱我們行為的潛意識分成三層，底層中層上層。底層潛意識是慾望、本能、衝動和創傷等被壓抑的潛意識。中層潛意識是可以被提取的記憶，例如仔細回想就能想起來某位朋友的電話號碼。上層潛意識是靈感、整合、創造、感應和各種傳說中的超能力。而寵物溝通屬於上層潛意識的其中一種。個人感覺心理學家們把有爭議，到底存不存在的超能力通通丟到高層潛意識了，有點像是原生生物界這樣。

現代心理學理論認為，動物溝通是假的，那些資訊是溝通師內在的潛意識所投射出的幻覺。這卻不足以解釋為何不同派系溝通師所得到的動物資訊，可以互相證實。但若要真的講出一個符合科學邏輯的所以然來，以現在的弱弱腦科學研究又辦不到。

動物溝通師接收到的訊息是什麼？

動物沒有人類的語言，傳遞出的資訊也很片面，大多只是一個短暫的畫面、一個聲音，甚至只有一個情緒。而每位訓練師依照自己的習慣，解讀資訊的結果也不同。例如作家

習於用文字呈現、畫家習於用畫面呈現等。

心理派系的寵物溝通師如何訓練？

　　除去自我後接收到的資訊很多很雜，有些是正確的資訊，有些是自己的記憶或潛意識的投射。只能透過不斷嘗試錯誤練習，來增進自己的精準度。有點像是練習騎腳踏車或開車，摔幾次撞幾次慢慢就會的感覺。

於高雄　愛河之心

我想 沒有人有義務因為愛而做什麼事
因為愛情的本質就是建立在尊重跟包容上吧

寶劍三（3 of swords）

〔能不能帶我去一個　永遠沒有黑夜的地方〕

　　在外籍老師授課的英語補習班，有個男孩，他永遠是全班的笑話。不但單字背不起來，而且每次週考都是最後一名。在這間補習班有個特別的制度，稱為級數，要通過每個階段的跨級考，才能進到下一個階段的學習。而這位男孩，幾乎都是老師額外通融才能通過的。雖然每個人表面上都稱兄道弟的對他很好很好，但其實他知道其他同學都在私底下嘲笑他很笨，他在班上沒什麼真心的好友。於是他開始跟其他成天遊手好閒的小孩廝混在一起，下午趁櫃檯人員不在，偷跑出去閒逛，偶爾打打躲避球買飲料和鞭炮玩耍。久了之後，他開始自暴自棄，漸漸的融入了那個群體。男孩心想，反正他們說的就是事實嘛，我就是笨，不會唸書有什麼辦法。

　　而在學校，他也被當作一個怪人，成績不怎麼突出，每天獨來獨往，下課的時候常常去校園沒人的地方靜靜的發呆，感受微風吹拂過他的臉頰，讓溫暖的陽光照在臉上。他的內心有一個自己構成的幻想世界，只要在外頭的世界受了傷，他就會躲回去沉浸在自己的世界中，只有那裡的人事物不會偷偷嘲笑他的愚笨。每個級任老師學期末在評語留下的話都一樣，「這孩子很特別，他太早熟」。那時他還不知道成熟是什麼感覺，也許就是不會再受傷吧。在學校，男孩最喜歡的課是自然，因為他對於觀察生物十分著迷，他可以在高雄烈日當空的仲夏中午，花上兩三個小時，觀察路邊的一窩螞蟻，或是生態池中行光合作用冒著泡泡的水蘊草，他只想做自己喜歡的事。當然男孩還有其他喜歡自然的理由，畢竟在他所認識所有的老師中，只有自然老師不覺得這個小孩很笨。

在某一次的課堂上，自然老師突發奇想，問了全班二氧化碳的化學式，那時才小學五年級，全班寂然。這時，老師點了小男孩的名字，我不知道，他誠實回答。老師故作驚訝的說：「你居然連這種東西都不知道？」男孩不知道自己做錯了什麼，他只知道又必須躲回自己安全的世界去了。

國三那年，補習班老師在講台上滔滔不絕的講著數學的尺規作圖，複雜而繚亂的圖形荼毒著每一位準備國中會考的學生。某次課堂上，老師隨機抽問班上同學一道簡單的習題，剛好點到男孩。「對不起，我不知道。」男孩紅著臉誠實回答。面對著全班同學的訕笑，老師沉默了一下，指著男孩，對著全班同學說了讓所有人百思不解的一句話：「你們別看不起他，將來連我都要靠他呢。」這是男孩第一次發現原來他可以變的不一樣，原來可以不用一直活在別人的眼光之中，他發誓自己一定要變得更強，直到再也沒有人嘲笑他為止。

雖然在往後的日子，追上同學課業的過程十分辛苦，偶爾還會懷疑自己到底是否值得那麼高的期望，偶爾男孩還想夢想逃回自己打造出來，沒有任何敵人的世界裡度過一輩子，但總是忍下衝動一步一步走過來了。

最後會考結果放榜，男孩得到了頂點的 5A++作文六級分成績。男孩瞬間成為了眾所矚目的焦點，他的故事被流傳在好多年的補習班推銷語言中。面對著寫著自己名字的大紅海報，男孩終於笑了，很開心很開心露出牙齒的那種笑。

他一邊跳舞著走進黑暗的巷弄，一邊唱著兒歌：「小牛的哥哥帶著他捉泥鰍 大哥哥好不好 咱們去捉泥鰍……」

「做夢每個人都會
但是熱情耗盡 餘下的那些
才能定義一個人」

寶劍五（5 of swords）

〔就這麼一次就好，不會有人知道的……〕

　　穿著制服的國中生活，像一顆半生不熟的橘子，看似橙黃，一咬下去卻是滿口酸澀。就在那時期，男孩認識了一隻貓。

　　從國中走到補習班的路上，必經過高雄師範大學一堵貼著斑駁磁磚皮的圍牆。某天經過時，他發現有隻三色玳瑁貓蜷在牆上，小巧的腳掌安分地放在身體下，呼嚕嚕的做著日光浴。

　　真漂亮的貓呀！男孩心想。可惜我們的世界是兩條平行線，這樣的貓一定會有很多愛貓人士供養吧，這種生活我可承擔不起，還是別認識好了。

　　忽然，牠睜開眼，斜睨男孩一下

　　「你們兩腳獸整天來來去去的，很擾人清夢欸」

　　「沒辦法，要生活嘛」男孩無奈的聳聳肩

　　「兩腳獸真無趣」

　　接著牠打了個超大的哈欠，瞇起眼，繼續打盹

　　咦？等等，牠剛剛在跟我講話嗎？

　　男孩看著一顆正在打呼的毛球，哭笑不得

　　從那天之後，走到牆邊似有若無的瞄一眼，成了男孩的日常作息。牠在的時候，彼此會交換一個心照不宣的微笑。當然，話中的含意得自己猜。牠不在的時候，只好嘆口氣，大概又去哪打獵忘記了吧。沒辦法，他是貓嘛！貓咪的所作所為都是會被原諒的。

　　時光飛逝，男孩已成為了國中會考戰士，每個同學整天都抱著厚實的書本，恨不得把整本書都吃掉。有天放學後，

天空突然嘩啦啦的降下暴雨。這場雨，總該來的。專家說過，長輩回憶過，書本中讀過。生態學者說，雨是最公平的，唯有這樣，大自然才能物競天擇。氣象專家說，別擔心，記得攜帶雨具，雨很快就會過的。但是，男孩瞭解貓的驕傲，專家的豪語，牠聽不順耳。男孩瞭解貓的自卑，牠聽不懂人話，卻裝作了然於胸。男孩忘了帶傘，在騎樓下焦急地踱步，找著三色貓的身影，一圈又一圈，一圈又一圈。

　　這暴雨的確來得快去得也快，雨一停，男孩飛奔到熟悉的圍牆旁尋找牠的身影。果然，牠還在那，就在初次見面的地方。牠全身的毛都淋塌了，原本就瘦小的身軀更顯嬌小，冷得發抖。聽到熟悉的腳步聲，牠抬起頭，喵了一聲。「你今天好晚來喔」

　　「對不起，我在躲雨」

　　「沒關係的。」

　　牠故作鎮定的閉上眼，但發顫的身軀洩漏了牠的逞強

　　嗳你又何必呢，明明就可以去避雨的。

　　再這樣下去牠會失溫的，更何況氣象專家說，還得再經過七月初的颱風季，才能進入乾爽的秋季。男孩心疼極了，但我不能哭，他這樣告訴自己。畢竟這是這個社會的災難，而我也是幫兇之一，我什麼也做不了。

　　雖然男孩家裡沒有規定不能養貓，但他自認還沒有能力對另一個生命負責一輩子——更何況是牠的生命。

　　決定了，男孩向前一步，把牠從牆上抱下來。

　　就一下子，他告訴自己，照顧牠到颱風季結束吧，不會因此而耽誤牠的美好前程的。

　　兩年過去了，窗外正下著今年最後一個颱風帶來的綿綿細雨。昏黃的燈光配上懷中溫暖的毛球，男孩覺得幸福極了。

　　望著正在呼呼大睡的三色玳瑁貓，應該在雨停後把牠送回去他該去的地方嗎？其實牠在我這裡，應該也是挺幸福的吧……

年輕時總是用真心換絕情

還把自己搞得滿身傷

但也正是那些付出的愛心和傷痕

慢慢塑造了現在的我們呀

寶劍九（9 of swords）

〔我一直在逃跑，一直跑，一直跑。
跑到最後，我已經忘記當初為何而逃了……〕

自己對於情緒的敏銳
往往能從對談之中　感知得到他人的情緒
甚至在專注時　單單和他人待在同一個空間
就能感覺到細微的情緒變化

從小時候開始也許就接收了過多的情緒資訊
而弱小如我卻無力改變現況
只能靠著切斷情緒的連結以關閉自己的直覺
久而久之便感受不到愛

有人說抗壓性好的人反而容易憂鬱
後來想想是很合理的
每件事都想挑戰都想改變
可是人不是萬能的　很多事除了看著它發生　只能給予祝福

我想　多數的憂鬱來自於對於現狀的無能為力
想嘗試著做點什麼卻無力改變大環境
陷入不斷自責的漩渦　最後只能走進無盡的黑夜中
讓已經注定好該發生的事　發生在自己身上

過去那些我曾以為會隨時間流逝，可交換，可捨棄的事物，其實都藏在心中的一個角落。你可以選擇接受破碎的自己而成為更完整的人，也可以繼續壓抑著，等待它下一次的伏擊。[於輔大前空橋]

寶劍十（10 of swords）

〔跟這個世界好像徹底隔離了，
就像隔著一堵玻璃牆的歡笑與悲傷，我什麼都感覺不到……〕

有人說鬱症患者是不能被愛的
這句話其實很貼切
因為我們失去了被愛的感覺
無法適時的給予回饋
即使有
也是假裝的

鬱症讓情緒的流動與外界隔絕
所以我一點被關心的感覺也沒有

是社會化和教育讓我知道
接受好意時
要微笑著道謝
接受關心時
要適度地揭露自己
但病態的部分要藏起來
更多時候為了讓對方放心才微笑著

拿肉包打狗至少牠還會開心的搖尾巴
可是給我們關心
更像是把石頭丟進大海中
無聲無息

但我仍真心感謝那些在得知我生病後
還繼續陪伴在我身邊的朋友

尤其是社團的幹部們
我不知道感受情緒的敏銳度是天生抑或是後天培養的
也許是因為動物不會說人話
所以跟動物相處久了就能靠感覺得知動物的情緒
總之你們其實是第一個發現我情緒不穩定的人們
然後謝謝你們，真的
我想
在無數個
太陽不會升起的黑夜
仍然相信這個世界的善良
就是教育的意義吧

[於社子島自行車道]

寶劍 騎士（knight of swords）

〔生命總會自己找到出路的〕

12/7（六）

今天是個好笑的一天。

昨天晚上跟前女友坦承了服用藥物的事，她就從台北找藉口回來學校陪我。人真的是有趣的動物。原來脾氣陰晴不定會情緒勒索的前男朋友，跟憂鬱的可憐蟲只有一句話之隔。不過聽起來我在發作期好像真的嚇到她了。另外又得知了我的週期大致上是半年一次比較嚴重的發作。她說我會變成另外一個人好像不認識的人一樣。但我完全沒發現自己有這樣的變化。

新劑量讓我覺得身邊充斥著各式各樣高興的事物，也許是下午還有喝咖啡的關係，有點太興奮了。

1/10（五）

也許林口的氣候比我想像中好，不像高雄只有燥熱和涼爽兩種天氣，這裡有春夏秋冬和爆幹冷。有時躺在國立體育大學的草地上發呆，看書看樹看人，偶爾撥掉爬上身的小蜘蛛和小椿象，沒有任何人教過我，我也無需學習，這就是我與生俱來的放鬆方式。就和我也可以在夜店的重低音節拍中，感受到全然的放鬆一樣，說不上來為什麼。

說也奇怪，當第一個人坐臥在草地上時，便會有接二連三的人們聚集在附近，深怕大自然會被我搶走似的。

「過於喧囂的孤獨，都是借來的感觸。」這是我放鬆自我的方式，你們偷不走的。你們都應該去尋找真正屬於自己的感動。

1/31（五）

腦中不斷浮現新的想法，有些飛快的難以捕捉，好像每件事都有了新的意義，我甚至可以用邏輯解釋所有的東西，只要我想。睡眠時間減少很多，難以入睡，即使有吃藥也一樣。但我不累。我想自己大概也不需要那麼多時間睡覺。似乎不是個好轉變，我知道自己本來就有躁期，更何況現在還有東西在提升血液中的血清素濃度。昨天到書局買了塔羅牌，一口氣讀完洗牌切牌陣法七十八張牌義，甚至我感覺自己不用看書就能熟練掌握詮釋，看書好像只是把自己已經知道的東西再讀一遍而已。一天一本書的閱讀似乎還不夠，情緒轉折起伏誘使我看更多的文字。

感情久了雖然會淡
但那是妳活進了我的生命中
想想自己有的時候 也不是真的需要妳給什麼回饋
只是妳是我第一個想到要分享的人
就這樣而已

錢幣二（2 of swords）

〔向前走吧，永遠不要再回頭了〕

　　我想，有輝煌的經歷是很好的事。這些經歷能讓一個完全不認識你的人，在短時間內了解你的興趣以及你做過哪些值得被記錄的事。但是很多朋友總是活在自己的經歷中，認為自己因為過去的經歷，就應該成為什麼樣的人。例如說，因為自己以前做過科展，就覺得自己只適合做實驗，身邊都是科學界的朋友。但是說穿了，那個科展經歷只有在科學圈內，才有價值。對一個不懂科學的人來說，就是花了幾個月的時間，弄出幾根線和幾個數字的人罷了。而你是否曾想過，當走出現有的舒適圈到大眾生活去，你又是誰呢？

　　請別忘了，所有的經歷都只是這個社會貼在身上的標籤罷了。這些經歷並不能夠限制「你」將來成為怎樣的人。有時候，經歷只是紀錄一段過往，就這樣而已。

　　除非是圈內人，我很少主動提及自己在科展或是學科能力競賽得過什麼獎，也不太發文吹噓自己的經歷。我一直相信，重要的是這些歷程改變了自己什麼？讓我變成怎樣的人？而不是那些獎。真正想了解我這個人的朋友，去網路上搜尋下就會知道那些經歷。不想了解我的朋友，跟他講這些經歷也會被當作耳邊風。那我又何必為了個人的虛榮心而吹噓這些經歷呢？

　　很多人雖然有著亮麗的社會標籤，但是他們都一直活在自己的（外在）經歷裡面，從來沒有靜下心，向自己的內在探求，自己究竟是誰？為何選擇這條路？究竟適合什麼東

西？而有些人明白過來，回頭來看這一生時，就發現已經來不及了，畢竟時間總是不等人的。作家三毛曾說過，我來不及認真的年輕過，待明白時，只能選擇認真地老去。願你還是那個，還有能力去認真地生活的人。

錢幣六（6 of swords）

:「你最近有什麼夢想嗎？」

:「我想活下去。」

剛考完令人頭痛的期中考週末，決定鼓起勇氣參加某個動保協會的志工。經過一長串的注意事項宣導後，我被分配跟一個國三的小女孩一起去宣導，她雖然比我年輕卻已經是協會的資深志工。我想說反正空閒打發時間也順便交個新朋友。就聊起了最近生活的近況。不過，在聊天的過程中，我一直感覺到她心裡有片陰影，像是在傷口上貼人工皮，貼一層的確能遮瑕，但強迫心理作祟，越貼越多層，傷痕的存在就更明顯了。

我天生對動物情緒敏感，在不自覺中會受到動物情緒感染。心中的傷口跟皮肉傷不一樣，根據我的以往經驗，倘若處理不好別人的情緒，是會同時傷到彼此的。因為自己情緒本來就不算是穩定，所以平常我會把感應到的情緒推給另一個創造出來的個性，不主動去接觸別人的傷疤。

這天覺得自己狀況還行，可以承受一些情緒，就試著多聊了幾句，試著打破她的心防。過程中我一直難掩驚訝，破碎的家庭、失落的感情、迷惘的認同、童年的創傷。這還是我第一次，遇到會自殘的重度憂鬱症患者呢。

我們兩人剛認識，卻在淡水捷運站的角落聊到深夜。在最後一班捷運，遙搖晃晃的車廂上，那傢伙趴在我身上睡著了。我想到，我們才認識不到八小時呢（苦笑）。看著她熟睡的臉龐，我沒有邪念，只暗暗嘆息造物主的不公。其實成績也好未來也好，這些一點也不重要，

只要好好活下去就行了。是吧？

我們都一定要好好活下去喔。

因緣而聚，緣盡而散。

所以請別擔心短暫的相遇是否能交到朋友，

時間不是那樣算的。

錢幣十（10 of swords）

〔長江後浪推前浪，前浪死在沙灘上。〕

現代已經很少人看散文了。如果您恰好讀到這篇文章，也許能夠了解我的感受，互相取暖一下。

因為親人長年於圖書館工作的關係，我算是個在圖書館長大的小孩。長年觀察台灣出版界的暢銷趨勢下來，我發現，近年出版的書籍設計越來越精美，內容逐漸朝向大眾愛情及網路文學發展。我不知道整體而言，這到底算是好事還是壞事，好的部分是書籍的出版，再也不是某些名人作家的專利，只要肯經營粉絲群，任何人都可以寫出一本書，傳達你想說的話。壞的部分是書的「內容」再也不是大眾所期盼的焦點，取而代之的是書的包裝（在此可以泛指包含封面及行銷等，任何形式的包裝）。文學正逐步走向大眾化及商業化。實體的書本正以緩慢的速度式微，而書本的意義似乎也從傳達知識，慢慢轉變為文藝青年打卡拍照的裝飾品。

作為一位時代的受益者，我不知道自己有沒有資格評論這樣的趨勢。只是我想知道，在過去讀三毛的文字，掩卷嘆息，看著王鼎鈞前輩的傳記，慶幸自己活在這個時代的朋友還有多少？我知道文壇上仍有一些作家仍秉持著初衷，為自己而寫，為文學而寫，只是在這曲高和寡的現代，這些作家朋友又能撐多久呢？

我仍喜愛翻開書本時，逸散出特有的香味。也享受穿梭在圖書館書櫃之中，享受被知識擁抱的喜悅。但我知道，長江後浪推前浪，前浪死在沙灘上。這樣的回憶終究會成為我

們這一代人的歷史。僅希望這樣的時光能夠短暫地為了我們停留，好讓我一字一字記錄下來，成為真正的歷史。

錢幣　國王（king of swords）

〔有人規定寫生物化學作業時不能喝酒嗎？〕

除了室友與少數朋友之外，我想應該很少人知道，我是夜店的常客。除了第一次去夜店，是跟朋友一起去探索之外，大部分的時候我都是一個人去夜店，結束後再一個人拖著疲憊的身軀，撐到早上搭第一班公車回到學校。

我小時候並不是個被社會所認同的小孩。而是在長大的途中，遇到了一些重要人物，慢慢把我引導回到社會主流價值觀之中。但我畢竟不是天生下來，就是社會主流價值觀的受益者，因此某個部分的我是叛逆的。對我而言，社會的善與惡，不過是掌權者為了鞏固社會階層所想出的一套規則罷了。但至少目前我也從這套價值觀之中得到了不少東西，繼續待在這個價值觀裡頭似乎也還不錯。我仍可以在這套價值觀之中穿梭自如，自由選擇要站在哪邊。我可以用善良而溫柔的方式做壞事，也可以用邪惡而冷血的手段做好事。

我明白為什麼我們總被告誡，少去這些場所。畢竟在這裡，黑與白的界線是模糊的。就像是伊甸園裡的蛇，總是媚惑善良的人們迷失在誘惑之中。夜店就像是個世外桃源，外界的規範在這裡似乎都只是個假象，縱慾在這裡是合法的，這是個只有歡樂沒有悲傷的地方。聽起來很誘人，對吧？確實，我喜歡待在這邊的緣故，有一部分也是為了逃離，逃離課業、責任、道德和社會規範，但我更感興趣的是這裡的人們。寂寞的、破碎的、被拋棄的、性慾的、卑微的人性，在酒精及電子音樂的催化之下，展露無遺。夜店確實可以讓人放鬆，但仍無解於人生之中真正面對的難題呢。

　　我承認夜店也許是「聲」，但卻不一定是「色」場所。那只是個人的選擇罷了，你可以選擇進到舞池中狂歡，與不認識的人親熱。也可以像我一樣，只待在旁邊靜靜的欣賞。我對有沒有「貼」到異性沒有興趣，也對舞台上跳舞的女郎毫無邪念。我只負責當個人類觀察家，看著可笑又可悲的人類，自以為在黑夜的掩蓋之下狂歡，就能夠滿足內心的缺口，十分有趣。

　　「問君何能爾？心遠地自偏。」只有到達生命一定的高度的人，才有資格判斷是非與對錯。當無論你去的是天堂還是地獄都無法動搖內心的那天，你才擁有真正的自由。所以我也必須告誡那些倘若捫心自問，對於善與惡仍有一絲絲懷疑，心中沒有一套準則的朋友，盡量別去聲色場所。因為那會更加混淆你本來就不確定的價值觀。要是哪天你迷失了，也別指望我把你救出來，那是上帝的工作，不是我的。我只會在旁邊看笑話而已。

「人生近看是悲劇，遠看是喜劇。」—查理·卓別林（Charlie Chaplin）

〔於台北某夜店〕

聖杯二（2 of cups）

〔書讀得越多，究竟是越來越隨和，還是越來越激進呢？〕

　　柯裕棻曾比喻散文為把自己赤裸裸地攤開，雖然我對於吸引注目這種事不是很在乎，但有助於拼湊自己的線索，我想還是應該值得保留的。所以我要來當暴露狂了。

　　不只一個朋友問過我，為什麼那麼喜歡去圖書館。我大一上閒暇無事時，就是搜尋附近的圖書館，一間間的探險，看書籍收藏量，看內部裝潢，看讀者是不是我喜歡的群體。

　　因為母親長期在圖書館工作的關係，我從小到大都是在圖書館長大的。說待在圖書館的時間，比待在學校的時間長，好像有點誇張。不過自己看過的課外書籍量，一定超過課內書的十倍以上。

　　學測考完的那個寒假，我每天的固定行程就是在家泡一杯鮮奶茶*，搭公車到三多商圈的誠品去看書。一天品嚐完一本散文抑或是兩至三本小說是常有的事，直到百貨公司打烊，才自己搭公車慢慢嘟回家。看到想收藏的書，就到八五大樓附近的茉莉二手書店去找書，那段日子雖樸實無華，靈魂卻充滿養分，在我這幾年的生活中，是極重要的支持。

　　長大後慢慢感覺到，動物和文字，是我心中最脆弱的一塊，是在黑暗來襲時，唯二可以進入我生命中的東西。
　　隨著時間慢慢復原，重拾破碎的自己時，動物給予我善良，文字給予我方向。

　　*讀到蒙古人以前攻城時,喝馬奶就可以當一餐,日以繼夜地攻打歐洲,於是乎我想牛奶應該有一樣的效果,事實證明鮮奶茶真的可以抵一餐。

[於新北瑞芳區某海岸]

聖杯四（4 of cups）

〔I took the one less traveled by, and that has made all the difference.〕-ROBERT FROST

　　我們學校在北部是出了名的荒涼，學生進出學校大部分都仰賴接駁車。某天晚上在排隊等校車時，忽然被一對夫妻叫住，詢問要怎麼到學校。

　　我是個很害怕社交的人，但又善良得無藥可救。我指引了候車亭的方向後，擔心他們不知道回程校車的班次，順傳給了他們一份校車的時刻表。就在我以為尷尬的問路要結束，可以開始假裝看窗外的風景時，

　　「同學你是哪裡人啊？」看起來像是妻子的人問

　　「高雄啊，三民區」

　　「誒好巧　我們也是住在三民區耶」

　　多聊幾句才發現，從我家走路只要三分鐘左右就能到他們家了。原來他們都是剛參加完年會的醫生，要順路去學校幫女兒送行李。問了我的身份後，毫無意外的討論起我不太在乎的選科問題。當他們得知我想走身心科時，閃過一絲混雜驚訝和鄙夷的表情。我有看到。

　　「原來你想知道人在想什麼喔」

　　恩，真是個有禮貌的回答呀。我還來不及說什麼，他們就嘰嘰喳喳地說起來了。

　　「我大女兒以前從 X X 第一名畢業，現在是皮膚科 R4 了呢」

　　「那你爸媽都是做什麼的」

　　「家裡還有其他唸醫科的兄弟姊妹嗎」

　　「他讀哪間大學啊」

　　身家調查完之後，接著就是關於他們的親戚從事什麼職業，以及之後退休和遺產該如何處理之類的話題。在校車上，我反覆思考，這真的是我想要的人生嗎？

　　「隨著年紀增長，我越來越不知道什麼是正確的。」

聖杯八（8 of cups）

〔我好像有什麼東西不見了……但我自己也不知道是什麼，你能幫我找嗎？〕

忘記是從哪個時間點開始，隨著 IG 和抖音的流行，社會潮流以極快的速度輪替，人與人之間的距離又近又遠。近的是只要點點螢幕，就能馬上知道朋友圈裡的所有生活動態，甚至是心事。遠的是那些虛擬的愛心無法解決人們真正的需求。

我也曾經有過把所有動態上傳到 IG，恨不得把自己塞進手機裡的生活。也忘記哪個時間點，猛然醒悟到，這樣繼續下去到底有什麼意義？有時看到朋友用全黑畫面外加一行縮在角落看似很寂寞的小字，就傳個疑問表達關心。事實上言者無心聽者無意，其實他沒有那麼多心裡的話想對你說，也其實你沒有時間能給他訴苦。而對於關心的議題，你能轉發的貼文別人當然也可以，又有誰真正在乎嗎？至於持續更新感情狀況的人，交往又不是給別人看的，意義何在？不過上述的這些，都是我曾經經歷過的生活，假若是當時的我，也一定聽不進這些建議的。

只能說，卸下社交網路，留下是更多屬於自己的時間，這才是青春期的我們需要的東西吧。

聖杯九（9 of cups）

〔我都得憂鬱症了，你們還這樣對我？〕

想必大家都有在路上遇到怪人的經驗吧

那時你的直覺感受是什麼

是同情還是害怕？

先談談害怕的感受好了

每個人的頭腦都不一樣

他看起來不是社會中被認為的善類

也許他會攻擊你　會害怕當然是正常反應

這我救不了你

第二種是常被忽略的感受：同情

人生而有感同身受的能力

看著他變成這樣

不禁想到自己如果哪天　也變成這樣該怎麼辦

隨之而來的　就是害怕的情緒了

而害怕在動物本能情緒中　是容易覆蓋其他情緒的

所以同情心往往會被恐懼覆蓋而不自覺

再來說說憂鬱症

先問個問題

憂鬱症也是種精神病

但你會關心陌生的憂鬱症患者而非路上的怪人

是出自於同情嗎？

那為什麼你不會怕他呢？

就跟怕路上看起來瘋瘋顛顛的人一樣

因為憂鬱症不會有攻擊性嗎？

患有糖尿病就該按時服藥不能隨便吃甜的

這個大家都能接受

但若心理有毛病就按時吃藥
不要用異常行為造成社會大眾的困擾
這樣為什麼普遍會被認為很殘忍

我覺得社會應該要更正對於憂鬱症的偏見
憂鬱症該被當作一種正常的病
就像是心臟病糖尿病一樣
需要按時服藥以免出毛病
也需要注意特定的行為
但是我觀察到社會似乎對於身心疾病 尤其是憂鬱症
有著過高的包容度

而過多的包容
其實反而會害了憂鬱症患者們
畢竟憂鬱症患者也是人類
應該要以恢復社會化 遵循大多數人類生活方式作為目標
而社會上過多的包容反而成為了憂鬱症患者的武器
變成「因為我有憂鬱症，所以我想怎麼做都可以」
這樣就會阻礙了憂鬱症患者的社會化進程
我也承認憂鬱症的患者 價值觀在某種程度上跟別人不一樣
他們很容易會利用這些社會上給予的包容 做出更過分的事
而不自知。因為同理心和愛這些情緒 往往都已經被切割掉
了。在網路上有許多人，只要一犯錯就說自己有憂鬱症，而
大眾居然也能夠接受這樣的理由

總而言之，以我是已經服用抗鬱症藥物四個多月的患者，同時也是醫學生的角度來看這個問題，我認為用對待一般人的方式對待憂鬱症患者，才是對他們，也對社會上所有人最好的方法。

也許這個世界讓你憂鬱，但憂鬱不應該是你拿來對付這個世界的武器

我可以把一切都歸咎給鬱症，但這不是我想要的答案。

聖杯十（10 of cups）

〔我想證明，即使站在不同位置，也能做一樣的事〕

嘿，還記得我嗎

我是一年後的你啊

有些話想偷偷對你說

怕再過不久變成另一個樣子

就想不起來要講什麼了

我知道你正在掙扎，在夢想和現實之間徘徊

我知道你願意為了牠們而放棄一切

卻又覺得擁有更多之後

更能利用這些資源來能幫助牠們

現在一年過去了，我告訴你啊

生活不是對或錯的是非題

只要夠堅強

做了什麼選擇其實不重要

不管怎麼走都有路

都是在磨練自己

讓自己變得更強

只要你心中的那把尺還在

是否值得就不是那麼重要了

重點是

你相信的是什麼

祝 莫忘初衷

我覺得自己其實是個很保守的人
從來都沒有真正知道自己要幹嘛
都只挑安全的路走
像是好好唸書、考進醫學系和進實驗室
所以現在叫我要改變什麼
其實也不敢
只能把確定不喜歡的東西慢慢刪掉
再刪下去可能也沒剩什麼了
但是仔細想想
就這樣繼續照著鋪好的路走下去
也就不好不壞吧
不會窮死也不會變成多厲害的人
但是如果長大之後的自己
會不會後悔當初沒有做過什麼其他的事呢

權杖一（1 of wands）

〔情緒和感覺有很多種，有些就像風吹過的小草，柔弱而輕盈。有些則像是樹木和石頭，是難以動搖的存在。我就什麼也不做，只是發現它們，再靜靜地看著……〕

　　說來慚愧，我自認是個不折不扣的科學人，卻沉迷於寵物溝通。在寵物溝通的前置作業「靜心」過程中，我覺得內心很平靜，沒有任何東西可以影響我，雖然我把感官放開，讓訊息自由進出，但是這些對我而言就跟雜訊一樣。坦白說，沒有任何安眠藥與增進血清素濃度的藥，能讓我的心境如此平靜。心情就像是一鏡水面，反映出這個世界本來就應該有的樣子。好希望時間就這樣停止，不過時間有沒有停止似乎也無所謂了。

　　心中清澈透明如一顆發光的珍珠，我了解到行為被情緒引導著，而外在的情緒都只是自己潛意識的投射。珍珠上佈滿各種不同顏色的雜質，每個雜質上都有著自己的名字和故事，這些雜質吸引更多意念的附著，進而擾亂整體意識的水流。有些雜質像是不經意黏住的鬼針草，很明顯，只要輕輕一撥就會落下。但有些雜質根深蒂固，藏在我們最深的潛意識當中，很難發現這些東西其實也是外界的。我沒有想要把這些東西都撥掉，只是靜靜的看著他們存在而發生。就這樣等著，等著，等著……

權杖十（10 of wands）

〔有時候，放下才是真正的獲得〕

12/5（四）

　　你好嗎？我不是很好。

　　在今天的課堂分享，有一題是關於自己的伴侶是憂鬱症患者時，要會怎麼辦？有位同學說自己的父親是精神科醫師，他的父親告訴他說，憂鬱症和別的精神疾病不一樣，最好別跟他們太親近。我對此耿耿於懷，也許我已經失去了被愛的能力了吧。一而再，再而三的不斷刺傷愛我的人。其實問題根本不是出在他們，而是我身上。

　　小時候曾有個夢想，我想看透每一個人。

　　之前曾問過右：「難道妳看不出來誰跟你的個性很像嗎？」右回我說：「怎麼看的出來」。我也不知道。靠感覺的。那時才知道不是每個人對於情感都這麼敏感，我一直都能感覺到每個人周圍的「氛圍」，那個氛圍是他的個性、成長、價值觀整合起來的東西。就是俗話說的很會看人。也許是小時候的夢想實現了吧。可是代價如果是失去被愛的能力，不知道值不值得呢。

2/27（四）

5:30 起床，賴床
6:30 再起床，回訊息，再賴床
7:30 再起床，決定去礁溪
10:30 騎機車-坐公車-搭客運到達礁溪
13:07 搭火車到外澳
15:30 由外澳走路到烏石港
17:30 搭客運回圓山轉運站

早上到礁溪，發現之前去過的那間溫泉風呂沒開，只好去開發新的溫泉。新的這間溫泉裡幾乎都是老伯伯，空氣混雜著溫泉的硫磺味、悶熱潮濕和老人身上的體味。以前在超過四十度的熱水中，總是無法待超過五分鐘，可是這次一口氣就泡了一個多小時，大概是老了吧，就跟其他一起泡溫泉的老伯伯一樣。明白這些冷與熱，都是外在的知覺罷了，我只是靜靜的看著這些感覺流過，自然就不會放在心上。

下午想看海，於是說走就走，搭了區間車到外澳車站。外澳火車站是個鳥不生蛋雞不拉屎的地方，連站務員都沒有，自由心證刷卡上下車的那種。今天不知道為什麼，整列火車居然只有我一個人下車。望著在旁邊加速而馳離的列車，悲慘的心想，自己終於被世界拋棄了。話說回來，究竟是我拋棄這個世界，還是這個世界拋棄我呢？

今天外澳天氣陰，飄點小雨。我躺在沙灘上睡午覺，依著視線腳下就是龜山島。頭上枕著早上在溫泉風呂夾到的玩偶，雙腳踩著細沙。睡醒散步的路上遇到一群流浪狗，牠們一開始對我防衛心極強，我走到牠們面前，轉頭，等著牠們習慣我的存在*。接著我蹲下來，慢慢伸出手。為首的狗看到我的動作後，瞬間跳起，對我吠叫並嘶牙咧嘴。我用純粹的情緒發送訊息：「我沒有要傷害你們的意思，我只想交朋友。」說也奇怪，有兩隻狗瞬間放軟姿態，湊過來討摸。還是往懷裡鑽那種。「這就對了嘛，明明就是乖孩子。」

很多人曾問過我，要如何避開流浪狗群的攻擊？答案就是不要怕。人的體型比狗大很多。平常我被狗群吠叫的時候，感覺到狗狗們的恐懼情緒是很強烈的。牠們其實比你怕牠還更怕你。而狗觀察情緒的能力比人類強太多，牠們能從肢體語言、氣味、聲音甚至能量場去感受人類的情緒。而因為狗的情感並不如人類複雜，如果在生命與生命之間的對話中，不小心滲入一絲不確定的感覺，很快就會被狗的情感壓制。只要有一點丁的恐懼，在牠們眼中就是該被驅逐的弱者，甚至是獵物。

在我了解這一點後，就不曾再被流浪犬群驅趕了，反而都是我去趕走牠們。在跟牠們交涉時，可以試著用生命直接於生命的對話，不經由任何語言，告訴牠們，我是這裡的主人，請你們離開。當你的心中沒有任何雜質，只純粹而清晰的出傳達心意，相信我，牠們會聽到的。

「當你凝視著生命，生命也正凝視著你。」

　　*在動物語言中瞥頭不直視對方是安定訊號的一種，表示自己並沒有惡意。

[於臺北行旅廣場]

死神（the death）

〔願每個寂寞的靈魂都得以安息。〕

在記憶中，我想每個人或許都有些模糊難以回想起細節的事，甚至是，再也不希望想起來的事。

在某個燠熱的早晨，大家剛剛升旗結束，正準備要慢慢走回去教室吹電風扇休息等第一節上課。男孩因為前一天下午忘記跟老師有約，放了老師鴿子，一路上都保持著忐忑的心情。沒想到，那位老師居然直接來到班上，把男孩找出來怒罵一頓。其實，關於那天早上的記憶，已經被潛意識保護性鎖起來了，能記得的就只有片段模糊中，其他同學錯愕的目光，還有強忍著淚水的錐心之痛。

而直到現在，雖然每次努力回想，還是不記得那天早上到底發生了什麼事，但眼淚還是會莫名其妙默默地流下來。如果有幾次，你發現他一邊發呆一邊流眼淚，給他個擁抱吧，他一定是回想到那天發生的事了。

從此之後，男孩總會週期性的陷入憂鬱，雖然找了心理輔導老師來進行創傷的諮商但似乎沒什麼幫助。男孩的心破碎一地，他覺得這個世界上的每一個人都離我好遠，我真的值得被愛嗎，為什麼沒有人關心我，真的好想好想消失在這個世界上……他絕望嘶喊，問遍了世界卻沒有人給他回應。每當受不了的時候，男孩會躲回自己的世界裡，那是他最珍惜的角落。

也許那個會在下午逃出補習班，吃著冰躺在溜滑梯上看雲朵變形的小孩在他心裡從未離開，他總是在最黑暗的時候現身給予安慰，告訴已經成年的男孩說，生命會自己找到出路的。

我真的不希望妳太靠近我

我是隻收不住刺的刺蝟

連我也不知道什麼時侯會豎起刺

星光（The Star）

〔藥物能做到的只有控制症狀，想真正復原還是得靠你自己〕

前一次回診，經過一段時間的沉默，醫師問我：
你最近有沒有想做的事，跟我們的任務無關的也可以。
不知道為什麼有點感動
自己也讀過不少鬱症的文章和量表，
我知道講什麼　就能讓醫師調整藥量
也知道醫師每個疑問背後都是哪些指標
他需要那些量化的數字才方便診斷
但每次回診都會感覺到身心科的指導原則
其實不是那些數字加起來的結果
而是醫師本身對於這個世界的價值觀
還蠻酷的其實

第一次進診間
醫師就跟我提過　其實藥物只能控制症狀
但如果需要真正解決問題
還是得靠諮商
前一次回診的時候，我又提起這個問題
「可是心理諮商真的有用嗎？」
「其實對我個人來說　沒有有沒有用　只有需不需要而已。」．

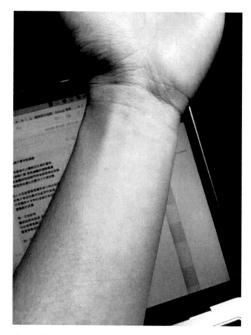

傷口總是會慢慢癒合的吧

愚人（The Fool）

〔為了獲得力量，她不惜與這個世界作對，不斷往上爬〕

　　即使北部冬季，路人像一隻隻泡在水裡的青蛙，只差還沒長出蹼，我仍堅持著從小到大的習慣，絕對不帶傘出門。雨天時，路人們總緊握著傘柄，偷著傘面下的餘光，一臉狐疑的打量我，好像我真長出蹼似的。他們不懂，

　　總是撐傘就會忘記擁有傘的幸福，就像被愛久了就會視為理所當然而漸漸淡掉。

　　我們其實都需要偶爾淋點雨

　　洗去身上的俗塵

　　才能用更乾淨的視野

　　看待這個世界

　　事實上健忘如我，讓每一支傘的生命，永遠撐不過一個星期，總是把傘忘在某個角落，幾次後決定投降不再買。反正重買一支傘仍會遺失，何不吟嘯且徐行呢？

忘記是哪個時候開始
不再為網路上的愛情掉淚了
也許是發現
煽情的情話刺耳的爭吵也好
兩個人的愛情其實是潛意識的鏡像
只有自己　才能給自己真正的幸福吧

力量（The Strength）

〔善與惡，只是一種選擇。〕

夜衝夜唱酒吧夜店也好
我其實是很推薦上大學後去嘗試的
畢竟
撐著嗨到天亮才會懂
青春的荒唐
有意義和沒意義的社交
總要看看黑與白的交界
另一個世界
法律的極限
才會知道這個社會是怎麼運作的

爛醉過才知道
身體在酒精面前有多脆弱
小酌跟放縱的差別
什麼時候該縮手找藉口離場
當然要以自己的安全作為第一優先
找信得過的朋友結伴同行
狀況不對就儘快離開
其實很多場合是工具
看你想怎麼使用它而已

[於林口 HighBall Cigar Bar]

正義（The Justice）

〔人類的自我意識真的存在嗎？〕

學測結束了，常常看到許多學弟妹在選填志願時的困擾。我在高二分組時選填第三類組，卻又在高三轉到第二類組，到了第二類組卻又決定念第三類組的台大獸醫系，在面試放榜順利錄取台大獸醫後，令人傻眼的，決定來念醫學系。

為什麼會有這麼大的轉折呢？這跟當時的情緒有很大的關聯，故事要從高二說起。

那時候，課業表現不如預期，生奧複選差 0.3 分進入夢寐以求的國手選拔營，高中科展進度嚴重落後，在社團活動面對隊輔和總召的雙重壓力，中研院培訓計畫進度報告迫在眉睫卻又難產，同時又面臨轉組的抉擇。那個時候，心情就感覺像踏進流沙一樣，有一剎那覺得自己已經走出來，其實是越陷越深，慢慢陷入無止盡的黑洞中。我曾以為國中的科展結束後，經過那麼多老師的輔導下，就不會再有這種感覺了。回想起國中在一連串的心理諮商面談結束後，我送給輔導老師的卡片：「我學到了要怎麼克服情緒，而不是逃避它」

真的嗎？那幾個字嘲笑著三年後的我。

有時候，我們的情緒很容易被潛意識牽著走而不自覺，就好比談戀愛，你以為對方沒有給你足夠的安全感，但事實上，安全感是給不了的。就算他隨時報平安，你仍會腦補各種劇情，猜想他是不是敷衍了事，實際上又在偷偷摸摸的做什麼事。我發現自己在國中被老師責罵過後，仍然選擇了逃避。用一個自己已經克服情緒的謊言，來自我催眠出一個接著一個無止盡的謊言。

我們把抉擇的過程用天秤來比喻好了。每個人的心中都有個天秤，當某個選項越佔優勢，天秤就會往那一方傾斜。

但在現代網路發達的時代，網路新聞真假難分，而搜尋引擎的邏輯是「似近優先呈現」，故極為容易形成網路同溫層的存在。許多人心中的天秤沒有經過校正，總是選擇相信自己相信的事物。而若天秤沒有經過校正，又憑甚麼說自己做的決定是「深思熟慮」後的結果呢？而且我們才十幾歲，憑什麼確定自己的價值觀，在未來的幾十年間，不會有任何更動而後悔現在的決定呢？

在大部分的時候，我們的判斷都是被情緒牽著走，想到A選項的時候感覺比較開心，想到B選項的時候有點猶豫，那就選A好了。可是你有把握自己的判斷是客觀的嗎？說不定正是過去某個事件造成的潛意識，間接決定了你的情緒呢。「不要在狀況差的時候做重要決定。」這是我對自己的要求。下次再面臨重要決定的時候，不妨深吸一口氣，仔細探究做決定背後的原因吧，相信天秤經過校正後的你，一定會少走我的很多冤枉路。

某個躺在升旗台看星空的夜晚，
雖然睜大了眼睛想找星星，
但周圍的光害這麼嚴重
誰又能篤定自己看到的星空最完整呢？
17 歲，真是個適合看星子的年紀
[於台塑企業文物館]

女祭司（The High Priestess）

〔她能看透所有的事物，卻從來不介入，也不帶批評，只是靜靜地，憐憫地，看著被註定好的事一件件發生……〕

：「我看到每個人的身後都有一條尾巴，為甚麼我遇到的人都說沒有？我是不是瘋了？」

：「你沒有瘋。偷偷告訴你，那是每個人心中的祕密，只要說出實話就會被當成怪人，以後你就一起隱瞞這個祕密吧，這是成長的必經之路，以後就不會有人說你有精神病了。」

服用鬱症藥物已經三個月了
情況仍然時好時壞
副作用讓我不分日夜的昏昏欲睡
記憶力跟專注力也變得奇差無比

其實在課堂討論中就會發現
即使是醫學生
普遍對身心疾病還是很陌生

我不確定自己有沒有能力
去對抗這個世界對於身心疾病的不諒解
因為每個患者冰山底下的世界都不一樣
並不能夠用表象的行為來看待身心疾病
不是因為什麼事就會引發憂鬱症
而是壓力逐漸累積的釋放
時間到 該來的還是會來
只是是什麼東西壓垮駱駝而已
但是一般人似乎很難接受這個觀念

在成長過程中我並不是第一次發病
之前總是不斷地分離情緒再壓抑
一直持續著固定的週期
直到發現自己已經破碎成
連我都分辨不出來的樣子

我想
從小到現在的教育及社會化已足夠我分辨
這個社會對錯的準則
該是時候認真面對鬱症了

滴答

滴答

滴答

滴答

滴答

滴答

滴答

滴答

滴答

滴答

滴答

滴答

仔細聽！悅耳的命運指針，正滴滴答答的響啊……

滴答

滴答

滴答

滴答

滴答

滴答

滴答

滴答

滴答

滴答

滴答

滴答

滴答

吊人（The Hanged Man）

〔如果神真的存在 祂又在哪？〕

其實我昨天又在夜店待了一整晚
這幾天我一直在思考
什麼是對的 什麼是錯的
什麼是善 什麼是惡
我以為只要更加接近世俗所定義的善與惡
我就能更加接近問題的核心
可是我好像越來越迷惘了

夜店那些人竭盡全力讓自己快樂
讓自己快樂這件事本身並沒有錯
可是為什麼 他們是錯的
他們做錯了什麼嗎

為什麼 一位醫師應該因為讓病人過更好而快樂
為了自己的快樂去賺黑錢 就是錯的
為什麼我們應該犧牲自己的生活 讓自己不快樂 去讓更多人
快樂
難道醫生們做錯了什麼嗎
如果沒有 那病人又做錯了什麼嗎

我曾經以為 這個世界的本質是至善
至善的背後就必有小惡的犧牲
那什麼是至善呢 應該會有個解答吧
可是解答在哪呢
我看那些做盡壞事的人 也過得好好的呀

如果真的有解答　歷史也早就告訴我們了吧
可是歷史只是人類鬥爭後的結果啊

為什麼會有這麼多受苦的人吶
如果神真的存在
祂又在哪

[於舊金山聖伯多祿聖保祿教堂]

隱者（The Hermit）

〔成長往往伴隨著磨難。有時是人與人的衝突，
有時是人與環境的衝突，然而更多的是，人與自己的衝突。〕

我必須不斷的提醒自己是誰　才不至於迷失自己
記得這句話嗎：「曾經弱小的人，才會明白力量的價值。」

我曾經鎮日徘徊於酒吧夜店
也曾經熬夜享受孤獨於書前

我曾經被所有人當成笨蛋
也曾經是萬中選一的奇才

我曾經被所有老師罵過不思長進
也曾被心疼太過認真而忘記自己

我曾經被全班排擠當作怪人
也曾經當過班上的品格典範

話說回來
我究竟又是誰呢
又是什麼東西正束縛著我呢

我只是個命運的闡釋者，雖然我知道，但我不應該講，也不能講。畢竟當你知道了，那就再也不是你原本的命運了

皇后（The Empress）

〔鬱症的情感就像雙面刃，你擁有了一部分的同時，
也會刺傷自己。我不介意自己受多少傷，
但是真的不希望有人再因我而受傷了〕

　　我想先分享一段自己很喜歡的話：「大部分的好事，都是被好人破壞的。」出自一位叫王鼎鈞的作家，有空可以看看他寫的散文，雖難懂但意義總是深遠。

　　為什麼呢？好人不是都是善良的嗎？

　　正是因為好人知道自己被社會認為是善良的，所作所為都是對的，他看不到自己的盲點，也難以妥協。

　　如果在一個團體中，每個人都覺得自己是對的，不願意妥協自己的意見，那怎麼可能有共識？

　　有感覺了嗎？這就是台灣目前動保的困境。

　　在佛教這麼盛行的台灣，愛護生命的觀念，應該是很好推廣的，為什麼台灣的動保團體總是各說各話，甚至互相鬥爭？

　　每個人都覺得自己愛狗就是對的，沒有人願意妥協。

　　我一直想把社團改革成以人性為中心的社團。畢竟狗又不會說話，總不能訪問牠比較喜歡髒亂但有食物的狗園，還是當自由的流浪狗但沒東西吃哪個比較好。所以保護動物的難題，還是得先從人類身上找答案。很難，我知道。畢竟在這裡，每個人都愛狗，每個出自不同角度提出的意見，都有各自的利弊。在這裡，對錯是相對，而非絕對的。

　　我覺得，不是今天誰付出最多，他說的話就是對的。反而正因我們是愛動物的人，深怕自己的思慮不周而無法做出對牠們最好的決定，所以更需要大家的意見。

[你算哪根蔥]

一個夢境
獨自在由記憶拼湊而成的地方
莫名的忙錄
我工作的地方在二樓
必須跨越一樓的機車停車場
再搭電梯才能到二樓
路上有隻睡得很好的狼狗
工作告一段落後
我到一個明亮的地方找前女友
她看起來很安心很安全
那就讓她繼續待在那吧
於是我們約好了時間地點
在某個溫泉附近見面
離開不久 突然想到有東西還沒有完成
趕緊衝回去
這時突然下大雨 原本的一樓淹水了
那隻狼狗原來是死了
我叫他幾聲 回頭趕我自己的路
我搭電梯上樓 二樓過站不停

四樓門開了 一片漆黑
其他人都走了
我又按回一樓

太陽（The Sun）

〔請保佑我接下來不管發生什麼事，
都能保有一顆善良而堅定的心〕

12/3（二）

妳好嗎？右說我可以把自己紀錄下來，這樣心情會好一些。

今天是我開始服用抗憂鬱藥物後的一個星期。藥物分成兩種，一種是主要的長期處方，作用是增加血液中的血清素濃度。另外有輔助藥物是為了在狀況突然變差的時候，穩定自律神經以緩和焦慮和憂鬱的。

下午我騎車到診所複診的路上，突然感覺這個世界似乎開始有了意義，不再是灰色的，其實活著本身就是一件美好的事。我已經忘記上次擁有這種感覺是什麼時候了，總之，很開心。

12/4（三）

妳好嗎？我今天很好。

藥的副作用讓我每天不分日夜的昏昏沉沉，下午體育課下課去社辦拿抹布的時候不小心太累，就倒在沙發上睡著了。還好上課有人進到社辦驚醒我。

今天辦完社課後，幾個幹部留下來聊聊天，順便開檢討會。儒一直追問我的近況，她覺得我最近很憔悴。我不知道哪裡來的勇氣，就都告訴他們了。其實他們都是很溫柔的人呢。他們一直擔心是不是社團的事情太多，壓力太大。其實我不是因為社團的壓力才發病的。該來的總是會來，只是什麼東西觸發罷了。

[於嘉義阿里山]

命運之輪（The Wheel of Fortune）

〔行也布袋，坐也布袋。放下布袋，何等自在。〕

12/15（日）

妳好嗎？今天宜蘭天氣很好，我在外澳沙灘上寫下這封信。

早上起床後去礁溪附近的風呂泡湯，挺舒服的。外澳天氣也很好，沒下雨也不致需要撐傘遮陽，跟上次我們一起來的時候下毛毛雨比起來，舒服很多。沙灘上三三兩兩的狗開心的跑來跑去，海水滾來滾去，就像幾萬年它們一直做的那樣。另外，我找到上次找不到的出站刷卡機了，就在車站月台旁邊而已。其實重要的事情就在身邊，只是不小心被忽略了吧。

對不起有件事隱瞞了妳。加重劑量後的鬱症藥仍沒有讓我的情緒回覆到正常。有時我甚至難以忍受傷害自己的衝動。不過就像我之前說的，正常人應該過著讀書寫字偶爾發呆的日子，雖然平凡卻充滿活力。而不是陪著一個破碎到連自己都不認得的人，困在無止盡的黑夜當中。

我想我是真正離開妳身邊了。我相信堅強的你一定會過的比以前更開心的。那麼我就陪你到這邊了，之後的路就繼續往前走吧，不要再回頭了。

想起鄭興的一首歌，叫做《過於喧囂的孤獨》：

「能不能帶我去一個 沒有黑夜的地方 黃昏一如既往曬乾潮濕的船艙/能不能帶我去一個 沒有告別的故鄉 一個人走一段 沒有腳印的流浪。」

[於宜蘭外澳沙灘]

每個人進到你的生命中　一定都有它的意義
以後會有其他人告訴妳　該怎麼做會更好的
只是那個人再也不是我了
我該做的事情已經完成
你就往前走吧
不要再回頭了

高塔（The Tower）

〔「在靈魂破碎時才會知道，原來它是玻璃做的。」——韓江
《少年來了》〕

1/23（四）

看了何戀慈的《聽雨》ＭＶ，覺得好感動。之前一直難以用具體的方式來形容自己的憂鬱感受，直到看到這個ＭＶ。也許就像是淋著雨，披著塑膠布看著這個世界，卻觸摸不到任何東西的這種感覺吧。

會哭，其實是種天賦。不會哭的人，忘記如何哭的人，並不是最堅強的人。而是他們的悲傷被時間拉得很長很長。鬱症患者都有一種自我保護機制，情感對我們而言就像是電燈開關一樣，可以自由開關自己感受到的情緒。把開關關掉，就感受不到任何悲傷。但是到後來才發現，其實悲傷的情緒並不是消失了，而是被藏在心中的一個角落堆積著，直到悲傷潰堤為止。

3/13（五）

今天心理諮商探究了好深的東西。是從我有記憶以來的人格發展。原來我幻覺能感知到每個生命自身靈魂所散發出的情緒和顏色。這個幻覺並不存在一般人身上！但無論這幻覺是否真實存在，畢竟我丟不掉它。我只能將它真實地吸納進我的生活中，不再壓抑與逃避。它是個天生的詛咒，詛咒著我們這一小群人。令我們需要花上好幾倍的勇氣來面對生活本身。而透過文字與藝術，我們這群人互相觀望，嗟嘆著彼此的不幸。卻因為自身的破碎而無法互相擁抱。

— — — — — — — — — — — — — — — — — —

：「你有想過這種知覺，是種天賦或詛咒嗎？」

：「我想一定是詛咒吧。」

：「對我來說，我們在諮商時，彼此之間有個距離來保護我自己，那我想知道，你用什麼來保護自己呢？」

：「沒有。從小到現在，我真的覺得好累好累……」

〔於高雄港碼頭〕

「你真的恨我嗎？

如果是，那就請你用別的方式。

你知道我根本不在乎那些東西的。」

世界（The World）

〔我們就像是為了完成一件任務，在因緣際會下，陪伴另一個人走過一段路。任務完成後，命運又會把我們分開，帶著這份感情朝向各自的路走去。〕

　　知道寄居蟹是怎麼換殼的嗎？聽說他們發現身上的殼太小時，就會開始尋找附近有沒有更適合的新殼，找到後就會一鼓作氣掙脫原本的殼，鑽進新家。升上大學後，追求新鮮感的衝動和渴望「他鄉遇故知」的心情，迫使自己想再找到志同道合的朋友，完成一件永生難忘的事。

　　也許有人問過相同的問題：當你手中握著一杯水，你會怎麼辦？我想，這杯水對於每個人，在不同處境，都有著不同的含義。例如外在條件、能力和經驗。既然是杯水，有些人選擇一飲而盡，有些人謹慎地關注旁人的眼光，再來為自己做決定，如同自己是旁人價值觀的組合體。可是在思考要怎麼處理這杯水的同時，不妨想一下如何跳脫既定的框架，做出其他的選擇。譬如說，既然是杯水，當然也可以把它放到地上，甚至是倒掉。

　　從小到大，我們都在不斷的學習要如何做出正確的決定：如何在考卷上寫出對的答案，如何選擇有前景的科系，如何找到對的伴侶，最後如何找到對的工作。隨著年齡的增長，直到有一天發現，從來沒有所謂正確答案的時候，就會發現原來這個世界上，存在著比正確選擇更重要的事。不管站到分叉點時，做了什麼選擇，之後發生了什麼故事，那些點點滴滴都是你的一部份，是因為有那些回憶，才成就一個完整的人。對於我自己而言，我手上握著過去各種競賽和科展累積下來的經驗和知識。但我更想知道自己的極限在哪，而答案絕對不在過去，我需要的是不同的經驗和嶄新的觀點。就是在這樣的背景下，我加入了返鄉服務隊。

在籌備返鄉服務志工隊的過程中，免不了的就是各種挫折。但隨著時間一點一滴的過去，我開始慢慢懂得，我們就像是從山上滾落到河川中，順著水流到海中的石頭。有些石頭天生運氣好，遇到比較強勁的水流，滾得比其他石頭快，但這也沒什麼好忌妒，因為每顆石頭的終點都是廣闊無邊的海洋，而海洋是從來不會在意每顆石頭之出身的，不是嗎？在河流中，每擦撞到岸邊一次，石頭的稜角就會被削去一點點，雖然這過程很痛苦，但卻是成長所必須的。有些石頭在還沒到達海洋前，就執著的認為自己已經夠圓滑了，遂擠在縫隙中不肯出來。在還沒到達終點前，又怎會知道最後自己最後會被磨成怎樣的形狀呢？

人生本來就孤獨，應該要為了懂你的人而開心，不要因為不懂你的人而難過。若有人能陪著我們走過一段路，讓我們變得更加優秀，那我們就應該心存感激。每個人的生命故事就如海平面，近看有時高有時低，但從遠處看仍是平的。也許你會問，為何不一路風平浪靜就好呢？這時我應當請你重新閱讀蘇軾。就像月亮有陰晴圓缺而美，四季有春夏秋冬的變化而豐富，此事自古難全，何不吟嘯且徐行？

〔 於宜蘭幾米公園 〕

人生就像一場戲
只是我們都太入戲了
才忘記要脫身

魔術師（The Magician）

〔每個人都有屬於自己的命運，別嫉妒別人也別看輕自己。
你走過的每一條路，最後都會成為你獨一無二的部分。〕

鬱症切割情緒的能力
讓我能用另一個角度看看這個世界
坦白說
有些東西不能說好或壞　喜歡或不喜歡
只能說
很有趣。
我想大家在成長過程中都會遇過一些人
他們離群索居　視成績若浮雲
玩著奇怪的東西　永遠看起來很忙
我就是這種人
就是覺得假單寫好要拿給導師簽名很麻煩
就會乾脆翹課做實驗這樣吧

討厭這個人嗎
那就用他最害怕的東西對付他吧
覺得成績很死板嗎
那就學著用最少付出的精力拿到學分吧
覺得聯考制度很不公平嗎
那就拿到高分後再來批評學測指考是僵化的產物吧
覺得科展根本是捉弄人嗎
那就用可笑的辦法玩弄這個制度吧
也許你覺得這樣很麻煩
但是很多事情從別的角度來看　其實沒有好壞之分
有時候學習社會上多數人賴以運作的規則
反而比對抗這個制度

更能讓自己的價值觀與內心臻於強大
換個方式說 畢竟幾十萬人都照著做了
你大概也不是第一個看出問題的人
這個制度會這樣運作 一定有它的道理
你不一定要發自內心的遵循
但可以學成後再決定要不要用主流的價值觀來順應這個世界
最起碼 別碰都不碰就說它很爛吧

若想改變這陣風的風向，就先試著走進這風暴的中心吧

想想自己以前那麼討厭升學主義
現在當了家教老師又反過來壓迫別人
其實我真的不想當殘害高中生的人
但是我又有什麼辦法

國王（The Emperor）

〔對你來說越是重要的事物，就不應該下指導棋〕

大家好，我是動保社社長，前幾天，一篇長榮大學校園流浪犬的貼文在 Dcard 引起迴響，想趁著大家關注議題的時候，談談關於校園流浪犬的議題。

1.學校的狗為甚麼要鏈著？

先說我的立場：於高雄某知名男校高中就讀時，大部分的狗是自由放養的。因此我也嚮往校園中狗狗能夠自由自在奔跑，或到教室陪大家一起上課的樣子。但是即使做好萬全的設想，仍然可能有疏漏。畢竟流浪狗本身就有野性，看到奔跑的東西出於本能就會追，抑或是在缺乏動物行為的相關知識時，有可能在無意中激怒了狗而不自知。

在過去也有數起，學校的流浪犬咬到人的案例。學校和當事人給予的壓力，讓我們不得不考慮把狗鍊起來。當初小花來校園的時候，幹部們也曾召開過無數次會議，討論小花是否該被鍊。而學校和社團多年來溝通取得的界限，是狗不可以進到建築物，墨墨則是被警衛投訴，冬天晚上偷跑進一醫睡覺，我們只好把墨墨鍊起來。前陣子其實也有非常多的人以愛狗之名義，透過各種管道告訴我們，他們對於校狗的期望。然而不管基於安全或自由的考量，我們最後能做的只有一種，不可能做出讓所有人都滿意的決定。

我想，生命無價這句話，除了字面上生命不應該被價格化之外，另一個意思應該是，生命不應該用一個標準來衡量。所以，我想自己唯一能做到，也是對狗最好的，也只是盡可能地把所有因素都考量進去，做出不被個人偏見蒙蔽所做的決定吧。

2.為什麼不處理流浪狗群？

　　反問這個問題，要怎麼處理流浪狗群？其實把流浪犬抓起來不難，用誘捕籠就好。但問題是，把十幾隻狗抓起來，然後呢？

（方案Ａ）動保社收養

　　首先，學校不會給予我們照顧狗的經費，相關費用全部都來自給予社團的贊助，不足時由社員繳交的社費因應，甚至由幹部及善心人士共同分擔。就前兩年的經費收入來說，照顧一隻受傷或生病的流浪犬支出，大約會與社團每年的收入打平。坦白說，以目前社團的人力規模和經費來說，照顧兩隻狗已經是我們的極限了。而且每年的寒暑假照顧排班一直是個問題，甚至社長還要身兼墨墨的寒假中途之家。

　　在資源固定的情形下，每隻狗能夠分到的資源相對會減少，對狗狗來說，被照顧的程度及被送養的機率一定會降低。決定要照顧一個生命，就應該負責到最後，我們不能沒有節制的收留流浪狗，卻又沒有經費和人力照顧牠們。

（方案Ｂ）請捕狗大隊交由收容所

　　動物收容所的環境極為惡劣，應該不需要我特別說明。另外其實把狗抓走也沒有解決問題，我們學校實際上就是個流浪狗容易聚集的地方，把一批抓走只會有另一批流浪狗再次定居下來，不可能抓得完。最後，在零安樂死法案上路後，各地縣市動物收容所的捕捉原則改為「精準捕捉」，即具有

攻擊人事實或危險犬隻「優先」捕捉，所以即使通報也不一定會受理，受理了也不知道什麼時候輪到我們。

（方案 C）委託由動保協會 TNvR

結紮後的狗狗攻擊性會下降，也能夠防止狗群繁殖。既然流浪狗永遠都抓不完，TNvR 似乎是個有效的方法。相信動物協會將於今年開始進行桃園市的大規模 TNR 計畫。但是先不說社團負擔不起那麼多隻狗的結紮費用，這並不是我們本來就會的技能，必須由幹部們額外花自己的時間，到相信動物等動保協會學習相關流程。坦白說，大家感受到學校其他同學對社團的敵意後，只能用「心寒」兩個字來形容。照顧狗狗不是我們的義務。純粹是因為我們愛狗，願意不分寒暑假日夜颱風寒流，默默地為毛孩們付出心力，無怨無悔。這些事物學校既不支援，也不是社團評鑑能夠呈現出的成果，都是由我們自己承擔。

而老實說，對於動保社大部分愛狗的社員來說，流浪狗群應該也不是很麻煩的存在，只要學會應對狗狗的一些基本行為，就能安全通過牠們。主要是對那些怕狗甚至討厭狗的同學來說，流浪狗群才會嚴重影響到日常生活。那我們為什麼要費盡苦心，犧牲自己的休閒時間，做一件沒有人會看到，對自己沒有幫助，做不好還會被吐槽的事呢？

（方案 D）交由私人狗場中途

首先我想先談談台灣的私人狗場現狀。在網路上，部分狗場以善心作為謊言包裝，實際上行斂財虐狗之實的狀況層

出不窮，大家上網搜尋下相關新聞便會知道。除此之外，狗場的中途費用相當高，每月 3000~5000 元都有，而前面提過，學校不會提供給社團照顧狗的經費，必須由贊助因應。目前社團的社費及贊助帳戶絕對不足以因應長期下來的中途費用支出。那麼把這批流浪狗中途後，下一批流浪狗又跑來校園時，怎麼辦呢？

（方案 E）通報學校由總務處或警衛處理

總務處有位負責處理流浪犬問題的校工，會把狗抓到遠處再野放。但是像小花就曾經被抓走後，又自己跑回來學校。警衛的部分，社團曾與警衛溝通過，警衛室的立場是以驅離為主，如果狗群危害到師生安全，則會把他們驅趕離開。

如果你對於這件事沒什麼興趣也沒關係，但最起碼先了解事情的前因後果再做評論吧。在學校有一群人，他們總是堅守著善良的底線，默默的為狗狗們付出。如果你希望能跳脫現在的框架，幫助學校和我們解決浪犬問題，歡迎加入我們。

大部分的事，沒有對與錯。
絕對的道義或利益，都會把人困住的。

〔雖然嘴巴不說，但我也這麼覺得〕

天使在夢中總是美的
但是如果放到現實中呢
還是那樣完美的天使嗎
究竟要有多少勇氣
才可以把夢想一直堅持下去變成現實呢？

惡魔（The Devil）

〔兩人關係，其實是自己潛意識的鏡像〕

　　本來有點遲疑要不要討論這件事，即使是你們，我還是有點擔心會不會讓你們感到不自在。不過我相信這裡的朋友應該有一定程度的成熟，才敢放上來討論，如果不想看可以直接略過，謝謝。

　　大家到這個年紀應該或多或少會有性慾。在愛情三元素中的激情發展到極致時，情侶間慢慢出現對於對方身體摸索的渴望是很正常的。坦白說，我並不反對婚前性行為，但前提是，雙方應該要有可以承擔性慾的能力。這裡不是說要有準備生小孩的準備，而是在一段關係中一旦加入性行為這個元素，感情關係一定會變質，可能變好也可能變差。就像是牽手或接吻，有了第一次之後一定會有第二次第三次……。而雙方應該要先了解到，性行為在這段感情中存在的必要性為何？為何要發生性行為？甚至是多久一次？如何進行？（汽車旅館休息其實很貴喔）這些都應該是雙方事先講好，需要達成的共識。

　　並不是說感情發展到某個階段，就一定要發生性行為，絕對不是。愛有非常多面向，肉體上的做愛只是其中的一種而已。換個角度說，性行為的確可以在愛情關係中提升激情，但如果沒有性行為，也絕對不是誰不愛誰的緣故。純粹只是其中一方不能接受，或彼此沒有協調出一個雙方都能接受的程度，就這樣而已。打個比方，如果每天互傳晚安是 A 情侶間彼此的共識，B 情侶間本來就沒有每天互傳晚安的習慣，

那麼 B 的其中一方可以用「你不跟我說晚安，所以我們要分手。」當理由嗎？

潛意識支配意識，意識支配情緒，情緒支配行為。你要想的是，為什麼他那麼堅持要發生性行為，例如內心可能有潛在的不安全感作祟？而不是在思考，到底要不要跟他發生關係。那些都是很表淺的東西，今天即使滿足了他，他心中的不安全感沒有被解決，改天一定會再要求更多東西的。

分手後，我其實有段時間完全迷失自我，徘徊在交友或約炮網站之中，試圖從與陌生人的交談之中，找到自己的存在感。最高紀錄一天花超過 12 小時在 wootalk 上。但說實在的，藥的副作用讓我的性慾趨近零，純粹是想互相找到寂寞的靈魂聊天，以及好奇約炮的人都在想什麼，所以沒真的去約炮（而且要約到其實很不容易喔）。遇過的網友千奇百怪，單純無聊的想聊天的、剛分手想討拍的、賣淫的、想偷吃的各式各樣都有，令我大開眼界。印象最深刻的是一位想買春的男同志朋友，我們到後來爭論起人類自我意識存在與否的問題 XD。甚至我還統計過一下 wootalk 用戶的性別、年齡和地區分佈，就當作是做個小實驗醬。寫到這邊，突然覺得自己利用別人的孤寂心靈來當作我的統計數字，好像有點機掰。不過檔案剛剛發現已經刪掉了。我只記得男生人數大概是女生的 20 倍左右，北部人多於南部人吧。

　　這篇文就獻給我猜目前有這方面困擾的人兒吧。最後，倘若哪天你在路邊遇到我本人，想跟我討論這篇文章的內容，我是絕對不會認帳的。

月亮（The Moon）

〔沉浸過去會讓你憂鬱，擔心未來會讓你焦慮〕

剛分手的那段時間，我處於情緒的最低谷。那時我恨透了自己。其實在 wootalk 上有認識到很多很好的人兒，但是，我也不知道自己是怎麼搞的，好不容易建立的朋友關係，卻總在第二天早上連訊息都不回，直接刪除好友。像是非得要藉由傷害別人的感情，才得以感受到自己的存在似的。就像是侯文詠所著《人浮於愛》中小琪對自己的描述：「我就像是一條蛇，不斷地咬噬自己的尾巴，感覺好痛好痛，但我卻停止不了……」。那段時間其實身邊也有很棒的朋友願意陪我渡過，但那時的我，就像是一朝被蛇咬，十年怕草繩，極為恐懼於和另一個人建立起穩定的關係，卻又孤寂至極。只好一次次的在匿名交友軟體上找人聊天，隔天再驚恐的把在 line 上加的所有新好友全部刪掉。這個近於強迫症的狀態，是直到抗憂鬱藥 calmdown 的藥效慢慢發揮，我的情緒慢慢回復到正常生活該有的狀態才改善的。

就像是我曾經歷過的無數次一樣。我的情緒狀態與知覺逐漸恢復，逐步拾回破碎的自己，直到現在。只是這次我是靠著藥物，而不是藉由改變生活環境（如高中時期轉類組、國中時期轉學），讓自己轉移注意力來恢復正常。現在我有了足夠的自主空間，最想做的事，就是建立起自己的社會安全網。那個能在自己破碎、墜落，甚至是有徵兆但我還沒有發現時，可以接住我的安全網。這個網將會包含友誼、諮商師、狗狗、醫師和書本。後三者明顯已經有了，現在要建立的是前兩個，尤其是友誼。諮商跟學校的系統預約就行，問題應該不大，我想學校應該很樂於協助一個曾有自殘史的可

憐學生。不過友誼就有些困難了，怎麼說呢？我發現自己「完全無法」信任人，尤其是擁有男性特質的人，我真的不知道為什麼，假裝是朋友的話很容易，但如果我沒有真心信任一個人，待在網子裡就只是個名單罷了，下次我還是會選擇先傷害自己，再去跟朋友談心的。總之我發現自己對於交友有極度障礙，我不只不會處理一段關係的變化，也完全不會溝通。用假裝的很容易，但是內心其實一點感覺也沒有。

前幾天跟右去看燈會時說過，每個人每段關係，其實都有目的性，想從對方身上拿到某些東西，就像我想從你身上學到，怎麼跟朋友訴苦這樣吧。〔於臺中后里 臺灣燈會〕

戀人（The Lovers）

〔愛也許是一切的答案，可是愛本身卻沒有答案〕

　　很多人喜歡問，我不知道怎麼去愛人？我也不知道什麼是愛？愛情到底是什麼？直叫人以生死相許。其實，我想這個問題的反面就已是答案，即對你而言，愛情是什麼，什麼就是愛情。這麼說似乎有點拗口。換句話說，愛情是沒有標準答案的，愛有很多面向，每個人的定義都不一樣，你心中的那個答案，就是你看到的這個世界的愛情之本質。

　　在世俗所定義的雙人愛情中，兩個人會互相吸引的原因，是因為彼此之間的生命，出現了可以互相吻合的缺口。讓你發覺到，就是這個人了。沒有他，你的人生好像失去了一點什麼，你也確定自己在他的生命之中，有著獨一無二的不可取代性。所以兩人決定要彼此佔有，試圖用社會框架中的愛情行為（如約會、送禮和性行為等）來反覆確認自己在對方心中的獨佔性。

　　但就如同上述稍微提到的，愛其實有很多面向。廣義的愛包含友誼、家人和對於動物的愛。這些都是更加善良且純粹的愛。生物學家試圖用漢彌爾頓法則，來解釋親情和愛情等利他行為，背後的生物學運作原理。漢彌爾頓認為，這種利他行為可以增加自身基因頻率傳遞給子代。這個說法也確實解釋了親情和其他利他行為運作的原動力。但是對於動物的愛呢？牠們可以傳遞自己的基因嗎？

　　很多人曾經都想過「愛」這個問題。其實對於這種問題，我永遠都是最彷徨的那個人。但也許就是因為這樣開放的態

度，我樂於接受任何答案。因此對於這些疑問的理解速度，一直都比一般人快上許多。而如今雖然仍有些許疑問，不過我想自己已經可以回答出大部分的解答了。我想，這個世界的本質就是個無限的疑問和起伏，倘若你想要更加瞭解這個世界（包含愛情）的本質，就試著先體驗過所有的波浪起伏，再去看看廣闊無邊的大海吧。

後記

　　有人曾問我，你相信塔羅牌這種不科學的東西？

　　好吧。我承認自己不信。幾張紙牌，最好是能指出一個人的命運。但老實說，是真是假，真的有這麼重要嗎？塔羅牌對我而言是一種工具。它那具高度生命張力的圖像，直指人心深處最脆弱的部分。平時人與人溝通時，戒心是很難消除的東西，而藉由塔羅這些無生命的紙牌，可以消除這些隔閡，作為開啟深度諮商的鑰匙。我們只是利用了人對未知的恐懼，假扮成鬼怪來改變人的思維。這才是我認為，塔羅牌真正的用意。

　　私底下認識我的朋友應該都知道，我的日常作息極為混亂，晚上九點到凌晨三點都是正常的睡眠時間，而生活也是一塌糊塗。宿舍的櫥櫃中，出現過期以月為單位計算的食物，桌上放了好幾個星期的飲料杯絕對是常態。床上的抱枕玩偶們，也常常在不知不覺中溢出，從床緣滾落，成為室友頭上的不定時炸彈。但我在自己的小行星軌道上運轉，居然也怡然自得。

　　決定出版這本書時，坦白說，內心是很期待又忐忑不安的。期待的原因應該很好理解，喜歡看書的人應該都曾經夢想過，出版一本真正屬於自己的書。而緊張的原因則是因為在過去，我並沒有誠實地面對自己的內心，也從來沒有觸碰

過自己潛意識中，最深沉的恐懼。這些都是隨著這本書的兩萬多個字，用血和淚一筆一劃寫出來的。這本書把 Rock 揭露的過於赤裸裸。其實只要看完這本書，就會比幾個月前的「pre-Rock」，更加瞭解 Rock 本人的思想。這樣的公開袒露，怎能不讓人擔憂？

　　至於為什麼要叫 Rock 而不用本名書寫呢？因為本書內容都是真人真事，幾乎沒有改編，有些實在過於赤裸。一方面兒童不宜，另一方面也希望藉由適當的掩飾，來保護書中曾出現過，某些人們的隱私。小時候很喜歡一套叫《貓戰士》的書，裡頭有隻貓咪叫磐石，原文為 Rock。祂是一隻非常非常老的貓，沒有貓咪知道祂何時出生何時死去，Rock 的魂魄受到詛咒，永遠都不會消失。祂雖然瞭解所有的事情，包括過去與未來，但卻無力改變任何事。祂註定要看著所有的部落貓誕生，滅亡，再誕生，再滅亡。我的筆名由此而來。

　　原本單純只是想紀錄心情故事，為了自己而寫，從來沒有想要出書的想法。哪知寫著寫著越來越多篇，每篇的字數也越來越精鍊，就像是被淘選過的夢想一樣。某天回頭看看自己曾經寫過的文字，覺得這些文字雖然慘不忍睹，但仍然有些紀念價值，紀錄著一個小孩被社會化的歷程。就如同在作者序中提過的，以這本書的定位，它不可能，也不應該成為一部好的作品。但卻會是一個年輕人，在生命某個角落中，高密度的自我挖掘，臻於純粹的作品。而我就是那種只要下

定決心，就會奮不顧身一定要完成任務的人。在這樣的因緣之下，才有著這本書的誕生。

　　最後謝謝經紀人怡欣和主編輯榮威，願意忍受我孩子氣，近乎胡鬧的聯絡和出版過程。雖然我不信神，但若神真的存在，願祂照亮你們的前路。

　　總之，這本書的出現和我的生活一樣荒謬。

〔於長庚大學　王永慶紀念公園〕

國家圖書館出版品預行編目資料

能不能帶我去一個 沒有黑夜的地方／Rock 著.
－初版.－臺中市：白象文化，2020.06
　　面；　公分
　　ISBN 978-986-358-988-4（平裝）

863.55　　　　　　　　　　　109002428

能不能帶我去一個　沒有黑夜的地方

作　　者　Rock
校　　對　Rock
專案主編　林榮威
出版編印　吳適意、林榮威、林孟侃、陳逸儒、黃麗穎
設計創意　張禮南、何佳諠
經銷推廣　李莉吟、莊博亞、劉育姍、李如玉
經紀企劃　張輝潭、洪怡欣、徐錦淳、黃姿虹
營運管理　林金郎、曾千熏
發 行 人　張輝潭
出版發行　白象文化事業有限公司
　　　　　412台中市大里區科技路1號8樓之2（台中軟體園區）
　　　　　出版專線：（04）2496-5995　　傳真：（04）2496-9901
　　　　　401台中市東區和平街228巷44號（經銷部）
　　　　　購書專線：（04）2220-8589　　傳真：（04）2220-8505
印　　刷　普羅文化股份有限公司
初版一刷　2020 年 6 月
定　　價　150 元

白象文化　印書小舖 PressStore　出版 · 經銷 · 宣傳 · 設計
www·ElephantWhite·com·tw　f 自費出版的領導者　購書 白象文化生活館